KB185805

저자: 윤준식

"40가지 직업을 경험한 후 소설가가 되겠다"는 대책 없는 소년이었다. 말이 씨가 되었는지, 여러 직종의 창업과 취업을 전전하는 인연과 운명에 휩쓸렸다.

90년대 말 한창이었던 벤처붐에 꽃 같은 청춘을 바친 결과, 27살 한겨울에 이등병으로 입대해 전역하니 30살 봄. 그후로 강산이 변하는 동안 실패의 횟수를 늘려 나가며 어떤 실패에도 굴하지 않는 삶의 자세를 체득했다.

이런 경험으로 200편이 넘는 창업칼럼을 모 주간신문에 연재한 것이 바탕이 되어, 2016년 『망하지 않는 창업』의 저자가 되었다. 이후 10여 권의 매거진과 책을 만드는 일에 끌려가 쓰고, 찍고, 펴냈다.

인터넷신문 「시사N라이프」의 편집인이며, 독립출판을 위해 도서출판 「딥인사이트」도 운영중이다. 지금까지 10종 넘는 작은 책을 펴냈으며, 지금은 독립잡지 『매거진S』를 준비중이다. 이 책은 '국민저자 전성시대'를 앞당긴다는 명분과 필진을 확보하겠다는 의지로 만들었다. "넌! 내 필진이 되라!"

누구나 글쓰기
누구나 책내기

Deep
Insight

누구나 글쓰기 누구나 책내기

발행일 | 2024년 12월 17일
글쓴이 | 윤준식
디자인 | 유민정
펴낸이 | 윤준식
펴낸곳 | 도서출판 딥인사이트
출판신고 | 제2021-59호
주　소 | 서울특별시 성동구 아차산로 113 삼진빌딩 8125호
전　화 | 010-4077-7286
이메일 | news@sisa-n.com

ISBN | 979-11-982914-2-4 (02800)

CONTENT

글은 써 보고 싶지만,

책은 내고 싶지만,

자신 없는 분들에게

누구나 글쓰기 누구나 책내기

한때 저 자신을 소개하면서 '싸구려 작가'라고 했던 적이 있습니다. 아직 여물지 못한 부분이 많은 나 자신을 낮추는 의도가 가장 컸고, 함께하는 좋은 사람들을 성공시키고 싶은 열망도 있었습니다. 높은 곳에 손이 닿지 않을 때 기꺼이 그들 앞에 엎드리고, 나의 등허리를 밟고 올라 더 높은 곳까지 향할 수 있길 바라는 소신이 있어 자세를 낮추어야 한다고 생각했던 때이기도 했습니다.

　　　'싸구려 작가'라는 표현은 '장기하와 얼굴들'의 노래 『싸구려 커피』가 히트 치길래 써 본 표현입니다만, 실은 비틀즈의 노래 『Paperback Writer』에 등장하는 '페이퍼백 작가'를 금방 와닿는 우리말로 바꾼 겁니다. 영미권에서 페이퍼백은 우리나라의 무협지나 로맨스 소설, 요즘의 웹소설처럼 재미 삼아 읽고 치우는 책을 의미하는데요. 노래 가사를 보면 그런 '페이퍼백'이라도 내달라고 작가의 권리인 인세마저 포기하는, 인기 없는 작가의 절박한 심정이 담겨 있습니다.

　　　초보 작가 시절의 저도 내 글을 누군가 읽

어주길, 내 글이 책으로 발행되길 얼마나 고대했는지 모릅니다. 작가의 마음을 품기 시작해 주간신문에 장기간 기고하게 되고, 첫 책을 내기까지 굉장히 오랜 시간이 흘렀습니다. 출간한 책이 모두 팔렸음에도 새로운 기회와 계기를 얻지 못했습니다. 그런 의미에서 '싸구려 작가'라는 표현은 저와 딱 맞는 것 같았습니다. 다만, 너무 부정적인 표현이라 듣는 사람들이 불편해해 이제는 사용하지 않습니다.

'국민 작가 전성시대'를 꿈꾸며

'싸구려 작가'의 삶을 사는 동안 저에게도 여러 가지 변화가 왔습니다. 우연한 계기로 인터넷신문을 운영하게 되었고, 시간이 흐르며 독립출판도 하게 되었습니다. 일정 기간 연재했던 글들을 정리해 책을 내기도 했고, 함께 활동하던 필진의 책도 출판하게 되었습니다. 저의 미디어 활동의 목표 중 하나가 모든 사람이 쉽게 글을 쓰고, 미디어에 글을 싣고, 출판에 도전하는 '국민 작가 전성시대'를 위해 기여하는 거였기 때문입니다.

전문작가들과 출판전문가들이 모여 이끌어

나가는 그룹을 프리미엄 리그로 비유한다면, 인지도는 다소 떨어져도 알찬 내용을 써내는 작가들이 포진한 2부리그, 어설프지만 자기 글을 발표하고 책을 내고 싶은 3부, 4부리그도 존재해야 하지 않을까요?

이 책은 저처럼 글을 쓰고 책을 펴내고 싶은 이들을 격려하기 위해 2012년에서 2014년 사이 썼던 칼럼 7편과 몇 회의 강연 원고를 바탕으로 재구성한 작은 책입니다. 오랫동안 컴퓨터의 하드디스크 속에 저장되어 있었지만, 우연한 계기가 원고를 끄집어내어 10년 넘는 세월을 관통해 작은 책의 형태로 펼쳐지게 되었습니다.

지금의 저는 인터넷신문을 운영하며 독립잡지와 독립출판을 해나가고 있기에 보다 적극적인 도움을 드릴 수 있을 거라 생각합니다.

1장.

첫 책 도전

가식 없이 솔직하게 쓰는 게
최고의 저술 방법이다

저술과 집필을 상담한 분들과 대화하다 보면 글을 쓰고, 책을 내야 하는 이유와 목적을 다양하게 늘어놓으십니다. 그러나 든 이야기를 종합하면, 결국 자기만의 브랜드를 형성하는 방법 중 하나로 '책 쓰기'를 계획하고 있었습니다.

특히 지식서비스가 비즈니스의 핵심이 되는 시대라 뭔가 새로운 일을 하고 싶어하는 사람들은 자기 이름이 들어간 책을 내고 싶어 합니다. 나만의 분야에 대한 전문적인 지식과 경험이라는 아주 좋은 콘텐츠를 갖고 있기에 조금만 노력하면 저자가 될 수 있다고 생각합니다. 프로모션이나 마케팅툴의 하나로 본다면, 출판은 자신을 마케팅하는데 매우 좋은 방법이기에 반드시 책 한 권 내고 싶어 출판에 대한 궁금증을 가진 분들이 많았습니다.

최근 10년 새 엄청나게 발달한 스마트기기는 전자책 출판의 가능성을 기대하게 만듭니다. 사실 전자책은 종이책보다 재고 부담이 없기에 상품성 부족으로 상업 출판에서 외면받던 콘텐츠도 서적의 형태를 가질 수 있습니다.

여기서 '전자책'이라고 하니, 교보문고, 예스24, 알라딘, 리디북스 등과 같은 유명 인터넷 서점을 통해 판매되는 DRM_Digital Rights Management; 허용되지 않은 접근 및 불법 복제 제한 기술_이 적용된 전자책만 생각하시면 하수입니다. 다양한 플랫폼에서 판매되는 PDF 책들도 있습니다. 의외로 다양한 콘텐츠 판매 플랫폼에서 『예시_당신에게만 알려주는 단박에 책 쓰기』 같은 PDF책이 판매되고 있습니다. 이 또한 전자책이라 일컬을 수 있습니다.

블로그도 구성에 따라 전자책과 비슷하게 연출할 수 있습니다. 목차 구조나 콘텐츠 구성을 어떻게 하느냐에 따라 카탈로그나 매뉴얼북을 대체할 수도 있습니다. 공식적인 출판 전 단계에서 적극 활용해 꾸준히 글을 쓰도록 스스로 동기부여 하거나, 예상 독자층을 타게팅할 수 있다는 점에서 효과적입니다.

이런 기능에 특화된 블로그 시스템이 카카오가 만든 「브런치」입니다. 브런치는 개설자를 '브런치 작가'라고 칭할 정도로 일정한 필력이 있는 사람들의 콘텐츠 플랫폼을 만들었고, 출판사들도 브런치를 눈여겨보며 작가와 작품을 선정하기도 합니다.

또 하나, 인공지능의 등장도 저술을 꿈꾸고 있었지만, 이런저런 사정으로 엄두를 내지 못했던 이들에게 큰 희망을 주고 있습니다. 인공지능과 대화하며 책의 제목과 목차 구성을 잡아볼 수 있고, 인공지능을 자료수집과 정리를 돕는 보조작가처럼 활용해 본문 구성에 걸리는 시간을 단축시킬 수 있기 때문입니다.

그러나 글쓰기는 어렵다?

맘만 먹으면 얼마든지 가능할 것으로 여겨졌지만, 막상 저술에 도전하면 어렵기만 합니다. 글을 쓴답시고 모니터의 바탕화면만 노려보다 낚시성 뉴스만 뒤적이거나 유튜브 숏츠에 푹 빠져 시간만 허비하게 됩니다. 결국 작심삼일의 고배를 마시며 후일을 기약하게 됩니다. 왜 저술을 위한 글쓰기가 어려울까요? 저는 3가지 이유 때문이라고 봅니다.

첫째로 저자는 뭔가 특별한 사람이라는 착각을 갖기 때문입니다. 그 분야의 권위자라거나 오랜 경력을 가지고 있는 사람만 저자가 된다고 생각하는 것입니다. 그러다 보니 자신이 쓸 수 있는 주제가 아닌, 난해하고 까다로운 주제를 고집합니다. 이런 식으로는 A4 1장도 채울 수 없습니다. 이런 생각으로 시작한 저술 프로젝트는 3일은커녕 반나절 내에 좌초하고 맙니다.

전문성보다 나만이 쓸 수 있는 남과 다른 특별함을 본문에서 풀어내야 합니다. 같은 직업과 경력을 쌓아왔더라도 나만의 지식, 나만의 경험, 나만의 감성은 남과 다르기 때문입니다. '남과 다른 나'로 부터 글쓰기를 시작하라고 말씀드리고 싶습니다.

둘째로 한 번에 완벽한 글을 쓰려고 하기 때문입니다. 처음 연필을 쥐고 삐뚤빼뚤 '가나다'를 쓰던 아기 시절을 떠올려 보세요. 부모님과 선생님의 지도와 친구들과의 선의의 경쟁이 반복되었기에 오늘날 저술에 도전하겠다는 결심까지 오게 된 겁니다. 그러니 글이 서툴고 내용이 다소 틀리더라도 초고를 완성해야 합니다.

초고에 부족함이 있어도 탈고 후에 퇴고를 통해 글

을 가다듬으면 글의 완성도는 자연스럽게 올라갑니다. 여러분이 지금 읽고 계시는 이 소책자도 총 6번의 교정교열과 3번의 리라이팅이 이루어졌습니다. 부끄럽지만 고백하자면, 초고와 지금의 이 글을 비교하면 독자 여러분께 내밀기엔 허술한 점이 많은 글이었습니다.

그러니 저술을 염두 한다면 탈고만을 목적으로 하세요. 맞춤법과 띄어쓰기, 이상한 문장투성이_이를 '비문 _非文'이라 합니다_라 하더라도 뒤돌아보지 말고 완성을 향해 가세요. 완성만을 목표로 초고 쓰기를 밀어붙이고 나면, 결국 나중엔 한 권의 책의 모양새가 갖춰진 저술이 이뤄집니다.

셋째로 쉽고 솔직하게 쓰지 않아서입니다. 괜히 있어 보이려 노력하지 마세요. 아는 척, 똑똑한 척하다 앞뒤 말이 꼬이고, 글 쓴 나조차 의미를 알 수 없게 됩니다. 쉽고 솔직하게 쓰는 것이 더 많은 독자를 배려하는 것이기도 합니다. 신문을 만드는 사람들 사이에서는 "중학생 수준이면 이해할 수 있는 글로 기사를 쓰라"고 주문합니다. 저술도 마찬가지입니다.

스티븐 호킹의 '양자우주론'에서 말하는 '빅뱅'과 '블랙홀'의 개념은 일반인에게 매우 어렵지만, SF 드라마에서 벌어지는 '빅뱅'과 '블랙홀' 사건은 쉽습니다. SF 드라마는 100만 명 넘는 시청자가 재미있게 즐기지만, '양자우주론' 책을 읽고 개념을 제대로 이해하고 있을 사람은 100만 시청자 중 1000명도 안 될 겁니다. 그러니 쉽고 솔직하고 재미있는 국민 필독서를 쓴다고 생각하며 편하게 도전하자구요.

지속적인 동기부여: 좋은 동료와 멘토·코치

나만의 자신 있는 콘텐츠가 있으시더라도 책 한 권 분량을 쓰시는 것은 쉽지 않아요. 기본적으로 A4용지 100~120장을 채워야 하거든요. 종일 집중하면 10장 정도의 원고는 쓰실 수 있겠지만, 전업 작가가 아니라면 그렇게까지 시간을 내기는 어려울 겁니다. 산술적으로는 매주 2장만 쓰면 1년에 책 한 권 분량의 원고가 나오지만, 생업에 종사하고 가정을 돌보면서 매주 할당량을 채우시는 건 쉽지 않습니다. 이건 저도 그렇습니다.

그래서 좋은 멘토·코치와 동료분들을 만나야 해요. 서로 격려도 하고 채찍질도 하면서 꾸준히 글쓰기 작업을 함께 할 수 있으면 좋습니다. 몇 가지 방법이 있는데, 계모임한다 생각하고 적지 않은 돈을 적립해 놓고 먼저 탈고하는 사람에게 인쇄비를 몰아주는 내기를 하는 겁니다. 또 다른 방법으로 새벽 모닝콜을 해서 새벽 글쓰기에 도전한다든지, 주말 아침 카페에 모여 말없이 글쓰기 모임을 한다든지 구체적인 행동으로 함께하는 동지가 있으면 큰 힘이 됩니다.

온라인 커뮤니티와 SNS를 통해 이런 움직임을 갖는 분들도 있고, 글쓰기와 책 쓰기에 도움이 되는 서적들도 꾸준히 나오고 있는 추세입니다. 각종 기업과 단체에서도 직원과 회원들, 지역주민들을 대상으로 「저술교육 프로그램」을 운영하는 곳도 많습니다. 검색을 통해 자신에게 맞는 모임을 찾아 문을 두드리는 것도 추천합니다.

'책 쓰기 강좌', '책 쓰기 코칭' 프로그램을 운영하는 독립서점이나 크리에이터들도 많아지고 있습니다. 전문 코치들의 경우 꽤 큰 금액의 교육과정을 운영하기도 합니다. 코칭 비용이 부담스럽다는 의견도 있으시지만, 전문 코치분들은 글쓰기 지도는 물론이고, 출간기획과 구성, 출판사 컨택과 퍼스널 마케팅까지 종합적으로 지도하고 연계해 주기 때문에 큰 도움이 될 겁니다.

꾸준히 할 수 있는 작은 것부터 시도하라

책 한 권의 원고가 완성되기 전에 작은 즐거움을 맛보시길 바랍니다. 투고할 곳을 찾아 문을 두드리고 꾸준히 연재하고 독자와 소통을 시도해 보세요. 작은 매체라고 무시하지 말고 꾸준함을 단련할 수 있는 곳을 만드세요._제가 운영하는 『시사N라이프』는 언제든지 여러분의 투고를 환영합니다_ 나의 글의 구체적인 대상이 누구인지 알게 되면 글쓰기가 더욱 재미있어집니다. 독자와의 끈을 놓기 싫어서라도 지속적인 글쓰기, 양질의 글쓰기가 가능해지죠.

그렇게 하기 어렵다면 개인 블로그나 SNS를 통해서 글을 공개해 보세요. 조회수와 댓글 반응을 보며 글쓰기를 강화해 나가면 좋습니다. 매체의 문턱에서 좌절했고, 개인 블로그만으로는 대외적인 이미지가 약하다고 느끼신다면, 같은 목표를 가진 분들과 팀으로 블로그를 운영하는 것도 좋은 방법입니다. 고정 연재가 가능하게 되면 주기적인 글쓰기 습관을 만들 수 있거든요.

사람들의 호응이 없거나 광고성 댓글, 악성 댓글이 달린다고 실망하지 마세요. 누군가는 필요한 정보를 찾다가 여기까지 온 겁니다. 책을 쓰는 가장 큰 목적은 독자와의 소통이니까 다른 이들에게 읽히는 글이어야 합니다.

그러니 처음부터 공개적으로 글을 쓰세요. 소수라도 구체적인 독자가 생기면 환호하고 반응해 보세요. 독자층이 누구인지 알게 되면 저술의 방향도 뚜렷해지고 단행본 기획할 때의 마케팅에도 좋은 참고가 됩니다. 간혹 블로그를 통해 출판사와 연결되는 경우도 있어요. 출판사도 저자 발굴 과정에서 블로그를 참고하기 때문입니다.

출판이 안 되어도 좌절하지 마라

각고의 노력 끝에 탈고했는데도 출판사로부터 거절

당하는 경우가 많습니다. 하지만 이건 당연한 일이에요. 전문작가가 아닌 이제 막 저술을 시도해 본 사람의 다듬어지지 않은 원고가 바로 출판되는 것, 이게 더 이상하죠. 세계적인 베스트셀러인 『바람과 함께 사라지다』의 마가렛 미첼, 『해리 포터 시리즈』의 조앤 롤링도 수백 번 이상의 거절을 당했습니다.

마가렛 미첼, 조앤 롤링 모두 거절당하는 일을 반복하면서도 이 과정에서 출판관계자들의 조언을 얻었고, 이를 토대로 끊임없이 원고를 다듬었습니다. 심지어 조앤 롤링의 경우 거절당하는 일이 반복되며 덕을 보기도 했답니다. 워낙 자주 투고하다 보니 조앤 롤링을 기억하는 출판관계자들이 많아졌고, 관계자들 사이에서 점점 소설의 내용과 완성도가 높아지고 있다는 소문이 돌았다고 합니다.

저술의 목적은 출판에 있지만, 출판이 안 된다고 해서 얻는 것이 없는 건 아닙니다. 저술 과정에서 많은 책을 읽고 자료를 조사한 것은 고스란히 저자의 몫이기 때문입니다. 완성된 형태의 긴 글을 쓴 경험이 저술의 다가 아닙니다.

저술 과정에서 많은 생각을 하고, 글로 표현하면서 뇌 속에 지식이 체계적으로 정리가 됐을 겁니다. 적어도 저술한 분야에 대해서는 책 한 권 분량만큼 이야기가 준비되었다는 거죠. 원고도 손안에 있으니 앞으로 얼마든지 새롭게 도전할 수 있습니다. 언젠가는 자신의 이름이 들어간 책이 전국 서점에 깔릴 날이 올 거예요.

2장.
글 쓸 결심

누구나 글쓰기 누구나 책내기

1. 좋은 글에 대한 욕심을 버리자
잘 쓴 글이란, 목적에 충실하고
진정성 있는 글이다

글쓰기나 책 쓰기에 대한 조언을 원해 저와 만난 분들 대부분, 글쓰기가 어렵다고 하소연하시는데요. 사실 글쓰기는 쉬운 일입니다. 그런데 그렇게 여기지 않으시니 안타깝기만 합니다. 엄밀히 말해 '좋은 글을 쓰는 것'이 어려운 거지, 글쓰기 자체는 어렵지 않거든요.

기본적인 수준의 글쓰기 능력을 갖추신 다음에 '좋은 글'에 대한 욕심을 내시는 게 순서입니다. 그런데 이걸 바꾸어 생각하니까 짧은 글 한 편 써내는 것조차 힘들게 여겨지는 거죠. 그럼 어떻게 하면 기본적인 글쓰기 능력이 생길까요?

카톡, 핸드폰 문자도 글쓰기다

스마트폰에서 카톡 보내기나 문자 보내는 건 누구나 하실 수 있죠? 그런데 따져보면 스마트폰 문자메시지 전송은 어디서 착안한 걸까요? 십수 년 전으로 돌아가 보면, 이런 단문 소통용 통신수단으로 전보나 엽서를 활용했습니다.

아쉽게도 전보는 역사의 뒤안길로 사라졌습니다. 휴대전화의 보급으로 집이나 직장이 아닌 개인에서 개인으로 연락이 편리해졌고, 스마트폰이 등장하며 누구나 긴 메시지를 보내고 확인하기 쉽다보니 전보의 효용이 없어졌기 때문입니다.

다행히 엽서는 활용이 적어졌을 뿐 아직까지 남아 있는 통신수단입니다. 그러나 요즘은 엽서를 보내는 사람들이 많지 않은데, 이메일이나 SMS보다 우편배송이 느린 것도 있지만, 공식적인 글쓰기에 대한 부담감-이 크기 때문이 아닌가 합니다.

그런데 핸드폰으로 짧은 문자메시지를 보내려다 보면 의외로 장문으로 길어진 문자를 보내게 되는 경우가 있죠? 장문의 문자를 보내게 되는 이유는 뭘까요? 문자를 받는 사람에 대한 심리적 부담감이 적을 때입니다. 가족이나 친구한테는 편지 한 통의 분량은 나올 만큼, 문자 메시지 속에 이런저런 이야기를 담으며 마음을 전하기도 하죠? 또는 통화가 어려운 상대에게는 문자메시지로라도 생각과 지식, 정보를 전해야 할 때도 있고요.

참 신기하죠? 문자나 카톡으로 이렇게 긴 글을 쓸 수 있다니? 좋은 글이냐 아니냐를 따지지 않기 때문입니다. 메시지를 보내겠다는 간절한 마음이 어떻게든 글쓰기가 이뤄지도록 만드는 겁니다. 논리를 비약시키면 "이미 모든 현대인은 글쓰기로 의사표현을 충분히 하고 있다"는 겁니다.

'좋아요', '공감' 누르기는 콘텐츠 생산의 시작

SNS의 발전으로 정말 대단한 양의 글이 유통되고 있습니다. 페이스북, 인스타그램은 물론이고 카카오톡, 포털사이트의 카페와 블로그까지 따지면 엄청난 양의 글이 매일 쏟아져 나오고 있죠. 보통 '좋아요', '공감' 같은 버튼을 누르는 것으로 반응하고 끝내실 텐데요. 하지만 이런 반응만으로도 타인을 위한 콘텐츠가 생산됩니다. 이를 통해 콘텐츠 큐레이션이 콘텐츠가 된다고 설명할 수 있습니다. 특정 콘텐츠에 대한 인식이 없다면 공감 반응 자체가 존재하지 않으니까요.

그다음 구체적 행동은 '댓글 달기'입니다. 댓글은 몇 글자로 끝날 수도 있고, 제법 구체적인 문장으로 작성될 수 있습니다. 이미 이 단계부터는 자신의 콘텐츠가 다른 이에게 전달되기 시작한 거예요. 찬성이든 반대든, 보충설명이든 자신만의 고유한 생각과 경험이 타인과 공유되기 시작한 겁니다.

이런 경험이 개인 미디어를 시작하게 만듭니다. SNS, 블로그 등에서 혼자 중얼거리듯 이야기를 풀어 놓게 되죠. 그렇게 시작된 글쓰기가 계속되고 반복되면서 다른 이에게 전달되고 공감을 이끌어 내게 됩니다. 바꿔 말하면 현대인에게 꾸준한 글쓰기는 어려운 일이 아닌 겁니다. 생활의 일부라고나 할까요?

"나는 글을 못 쓴다"는 편견에서 빠져나와야

공식적인 글을 쓸 때보다 카톡 문자나 SNS에서 자연스럽게 글쓰기가 일어나는 건 타인을 의식하지 않기 때문에 가능한 겁니다. 알고 보면 "나는 글을 못 쓴다"는 편견은 글쓰기에 능숙한 타인의 좋은 점만 의식한 채 자신의 부족한 모습을 대비해서 바라보기 때문에 생기는 거죠.

이렇게 생각해 보세요. 일기의 독자는 나 한 명이고, 편지의 독자는 나와 받는 사람 두 명뿐입니다. 이를 조금 확대해 볼까요? 카톡 메시지의 독자는 나와 카톡 받는 사람 단 두 명이죠? SNS와 블로그는 어떨까요? 처음엔 내가 쓴 글을 읽는 사람은 나 혼자뿐이지만, 점점 친구를 초대하고 검색이 반복되며 독자는 나로부터 하나씩 늘어가게 됩니다.

그렇기에 멋진 문장을 써내는 언어구사력이나 문장력, 전문성이 중요한 게 아니라 글쓰기의 목적과 진정성이 중요하다는 말씀을 드리고 싶네요. 다시 말해 이 두 가지가 충족된 글이라면 잘 쓴 글이라는 겁니다. 이런 잘 쓴 글을 여러 번 쓰게 되다 보면 더 좋은 글을 쓸 수 있게 되죠. 우리가 알고 있는 훌륭한 작가들도 글쓰기를 반복하고 훈련하면서 좋은 작품과 글을 남겼던 것입니다.

힘을 빼고 자연스럽게 글을 쓰라

그러니 힘을 빼고 자연스럽게 글을 쓰세요. 소식지

나 회보 등에서 원고를 부탁받고 멘붕 상태가 되었다가 어떻게라도 정신을 수습해 글 한 편이라도 써 보신 경험이 있는 분들은 제 말의 의미에 동감하실 겁니다.

이를 좀 더 쉽게 표현한다면 직장 후배나 동료들과 회식 자리에서 대화하듯 글을 쓰시라고 말씀드리고 싶네요. 회식 자리에서도 종종 업무 관련 지식과 정보를 나누지만, 그때마다 목소리에 기합을 넣어가며, 어깨에 힘을 줘가며 연설하진 않으시잖아요? 글쓰기도 마찬가지입니다. 쓰려는 글이 학술논문이나 연설문도 아니고 나만의 경험이나 새로운 정보, 지식의 공유, 동종업계의 공감대 형성이 목적일 뿐인데 여기에 힘이 들어가면 정말 부자연스럽겠죠?

글이 안 써지시면 잠시 눈을 감고 상상해 보세요. 카페에서 달콤한 디저트를 먹으며 친구와 수다를 떨거나 포장마차에서 소주 한 잔 기울이며 동료와 이야기 나누는 장면을요. 어떻게 이야기가 흘러가는지, 어떤 말투가 나오는지 중얼중얼 재현하는 것도 재밌습니다. 그걸 글로 옮겨 보세요. 아무런 방해만 없다면 한두 시간 정도 즐겁게 글이 써지는 걸 경험하실 수 있을 겁니다.

그 이유는 매우 단순합니다. 글 쓰는 목적과 대상이 명확해졌고, '좋은 글'에 대한 욕심과 부담감도 사라졌기 때문입니다. 장문의 카톡 메시지를 보내거나 SNS에서 댓글 쓰듯 자연스러운 글쓰기가 가능해졌기 때문입니다. 필력이 없어서 글을 못 쓰는 게 아니라 지나치게 필력을 가다듬으려 했기 때문에 글을 못 썼던 거죠.

배우지 말고 익히려 노력하라

공자께서 말씀하시길 "學而時習之 不亦說乎_학이습지 불역열호_!"라 하셨습니다. 풀이하면 **"배우고 때때로 익히면 기쁘지 아니한가?"**인데요. 글쓰기 또한 이런 공자의 가르침과 다르지 않습니다. 글쓰기는 지식보다는 경험에 의존하는 행위입니다. 남에게 듣고 배우는 것보다 실제 글을 반복해서 쓰는 **'글 쓰는 행동'**이 익숙해져야 하죠.

'좋은 글'과 '나쁜 글'을 따지게 된 건 '배워서' 알게 된 것에 불과합니다. **'때때로 익히는'** 경험적 활동이 없으면 영원히 '좋은 글'을 쓸 수 없게 된다는 점을 단호하게 말씀드릴 수밖에 없습니다. 그러니까 더 많이 글을 쓰시라는 말씀을 드리고 싶습니다. 글 쓸 기회를 많이 만드세요. 많이 써 보실수록 더 좋은 글을 쓸 수 있게 됩니다.

2. 글쓰기는 나만의 매력이다

한동안 대표자나 임원급 관리자들 사이에서 '멋진 건배사' 같은 공개 석상 스피치_Speach 기술이 화제가 된 적이 있었습니다. 관련 서적이 베스트셀러가 되기도 했죠. 대부분은 앞에 나서 말 잘하는 사람들에게 호감을 느낍니다. 그만큼 "멋지게 한 말씀"하는 능력은 주위 사람들의 부러움과 시샘을 동시에 사는 매력적인 것이죠.

하지만 대부분의 사람들이 말을 잘하는 능력을 갖고 있는 것이 아닙니다. 멋진 말을 한다는 것은 다채로운 언어 구사 능력만을 의미하지 않습니다. 상황에 맞는 표정과 제스처, 발성과 억양 등 모든 것이 갖춰져야 합니다. 그러다 보니 앞에 나서서 주도하기를 좋아하는 성향의 사람들, 즉 사교적이고 화술이 뛰어난 사람이 선점하는 영역이기도 합니다. 그런데 이렇게 멋진 말솜씨를 지닌 사람들에게 글 한 편을 부탁한다면 과연 어떤 결말로 나타날까요?

말 잘 하는 것과 글 잘 쓰는 것은 다르다

제가 경험한 바로는 앞에 나서 말을 잘하는 사람이 반드시 글도 잘 쓰는 것은 아니었습니다. 오히려 이들의 당당함은 글쓰기 영역에서는 빛을 발하지 못하는 때도 있었습니다. 표정과 제스쳐, 발성과 억양을 전할 수 없는 문자 소통의 영역에서는 자신의 장점과 느낌을 살릴 수 없기 때문입니다.

같은 언어와 방식으로 글을 쓰다 보면 두서가 없고 이해하기 어려운 내용이 되기도 합니다. 이건 TV 드라마에서 멋진 대사를 하는 주인공 역할을 맡은 탤런트가 작가보다 대본을 잘 쓸 수 없고, 감독만큼 극을 연출하지 못하는 것과 같다고 보면 쉽게 이해될 것 같네요.

한편, 말솜씨가 부족하다고 뒷전에 물러나는 분 중에 관찰력이 뛰어나고 상황을 설명하고 묘사하여 기록으로 남기는 재능이 있는 경우를 많이 발견했습니다. 이런 분들은 글을 통해 자신의 매력을 발산할 수 있습니다. 화려한 언어의 마술사가 아니더라도 상관없습니다. 솔직담백한 언어의 글 속에 담긴 진정성이 마술보다 더 강한 힘을 발휘하는 것을 적잖이 경험해 봤습니다.

그러나 공교롭게도 이런 '뒷전 스타일'인 분들은 재능이 있음에도 자신감 부족으로 글쓰기 도전을 꺼리기도 합니다. 숨은 능력자임에도 불구하고 한사코 손사래를 치곤 하죠. 덜컥 겁부터 먹기도 합니다. 억지로라도 원고를 부탁하며 "마감을 지키라"고 엄포라도 놓으면 멘붕 상태가 되어버립니다.

이것은 나서지 못하는 성격 탓입니다. 성격과 글쓰기 재주는 별개의 문제인데도 말이죠. 그런데 '파블로프 실험'처럼 이런 조건반사가 반복되면 "나는 글 쓰는 재주가 없다"는 고정관념을 맘속 깊이 각인하며 재능을 썩히곤 합니다.

글쓰기가 체질인 S형 인간

이런 이유는 뜻밖에 선한 의도에서 시작되는 경우가 많습니다. 앞서 말한 바와 같이 관찰력이 뛰어나고 인간관계를 중요히 여기는 성향 때문입니다. 자신의 실수로 다른 이에게 폐를 끼치거나 비판받는 것을 두려워해서 그렇습니다. 이쯤에서 일정 지식을 가진 독자라면 제가 언급한 성향의 사람들이 DISC 행동유형에서 말하는 '안정형_S형' 유형이라는 것을 알아채실 것 같습니다. 자세한 내용은 반드시 전문적인 기관을 통해 학습하시거나 상담받으시길 권합니다. 기관 웹사이트에서 유형 테스트를 제공하는 곳도 있습니다.

실제로는 이런 '안정형'에 해당하는 분들은 기본적으로 상대방의 이야기를 경청하는 능력을 갖고 있습니다. 다른 사람의 말에 맞장구도 잘 치고, 이야기가 끝난 후엔 내용 정리와 요약을 잘합니다. 와자지껄 수다쟁이는 아니어도 조근조근 말동무로는 제격인 사람들이죠. 그러므로 앞에 나서서 파워풀하고 연설과 멋진 말은 못 해도, 사건을 순서대로 적절히 스토리텔링하고 객관적 사실과 주관적 판단을 명확히 설명합니다. 이런 장점은 독자에게 쏙쏙 읽히는 글을 구성하는 능력으로 나타납니다.

이런 타입의 사람은 자신의 글이 절대로 남에게 누를 끼치지 않는다는 것, 맞춤법이나 띄어쓰기가 틀리고 문장력이 약해도 오점이 되지 않는다는 것만 인식하게 되면, 글쓰기를 주저하지 않게 되고 오히려 즐기게 됩니다. 어떻게 잘 아냐고요? 제가 '안정형_S형'에 속하는 사람이기 때문입니다. 이렇게 글 쓰고, 책만들고, 설명하는 일을 업_業_으로 하고 있잖아요? 이 정도면 여러분이 믿을만한 근거가 아닐까요?

어떻게 하면 글쓰기가 잘 될까?

디지털 시대인 요즘은 "모니터와 키보드 앞에만 있으면 무조건 글을 쓰기 시작하는 것"이 글쓰기를 잘하는 분들의 특징이라고 봐야 할 것 같네요. 콘텐츠 소모량이 많은 시대, 글쓰기 재료가 많은 시대를 살고 있기에 일어나는 일이 아닌가 합니다. 디지털 환경은 과거에 비해 글쓰기를 보편화시켰죠. 앞서 '카톡 메시지 발송도 글쓰기'라고 언급했는데요, 그만큼 누구나 쉽게 글을 쓰는 시대가 된 겁니다.

예술적인 글을 쓰는 작가 중엔 남들보다 개성이 강한 분들이 있습니다. 이런 분들이 언론과 미디어를 통해 극적으로 표현된 것들만 기억하다 보니, 글 쓰는 작업을 상상하면 장닭이 울 즈음 일어나 줄담배를 뻐끔대며 원고지 위에 만년필을 휘갈기는 모습을 떠올린다거나, 초롱초롱한 달밤에 와인 한 잔을 옆에 놓고 우아하게 타자기를 두드리는 상상을 하죠. 이런 낭만적인 정취는 소설과 영화 속에서 연출한 장면일 뿐입니다. 실제 작가들의 저술 작업은 생각보다 평범하고, 생각보다 더 속 타는 작업입니다.

그래서 글을 잘 쓴다는 건 오랜 구상 끝에 뜸을 들여 쓰는 게 미덕은 아닙니다. "만화영화 주제가처럼 시작하면 5초 만에 클라이맥스로 간다"는 게 적절한 비유가 될 것 같네요. 카톡 메시지 보낼 때, 페이스북이나 인스타그램 같은 SNS에 글 올릴 때, 주제와 소재에 대해 오랜 시간 고민하시는 분들은 별로 없죠? 블로그에 글 올릴 때도 오랜 고민 없이 글쓰기를 시작합니다. 그러니까 모니터 앞에만 가면 바로 글쓰기가 가능하다는 게 글을 잘 쓰는 기준이라고 보시면 됩니다.

개인적 글쓰기로 자기억제를 벗어나라

이런 자연스런 글쓰기가 가능한 이유가 뭘까요? 신문이나 잡지 등 대중을 상대하는 것과 달리, 개인화된 매체에 글을 쓰기 때문입니다. 카톡 메시지 받는 분, SNS로 연결된 분들은 글쓴이와 개인적인 관계가 강한 분들이죠? 그렇기에 맞춤법, 띄어쓰기, 문장력이 부족해도 부끄러워하지 않고 글을 쓸 수 있는 겁니다. 좀 이상한 글, 기분 상하는 글을 썼더라도 금세 툭툭 털어버릴 수도 있고요. 글의 분량이 짧더라도 뭔가 부족하다는 생각이 들지 않습니다.

이런 개인적 글쓰기의 경험이 많아지면 남을 의식하느라 자기를 억제하던 습성에서 조금씩 벗어나게 됩니다. 혹시 막 나가다 비뚤어지는 건 아닐까 걱정하지 마세요. 제 글을 읽어나가면서 끄덕끄덕 동의하고 계신다면 더더욱 염려하실 필요 없습니다.

특히 저와 비슷한 성향인 안정형에 해당되는 분들은 자기자신을 억제하는 습성을 버리더라도 절대 나쁜 사람이 되지 않아요. 날 때부터 관계지향적 성향을 갖고 있기 때문이죠. 오히려 겸손과 부끄러움으로 자신을 드러내지 못하는 심리적 불편함에서 자유로워져야 합니다. "내가 좀 오바한 거 아닌가?" 생각되더라도 크게 문제 되지 않으니까 안심하세요.

내 맘에 편안한 글은 남에게도 편하다

격려 삼아 한 말씀 더 드리자면, "내게 편안한 글은 남에게도 편하다"는 겁니다. 반복적으로 강조하는 거지만, 잘 쓰려고 하지 말고 쉽고 솔직하게 쓰라는 말씀을 드리고 싶네요. 지식이 부족하고 정보가 부족해도 솔직하게 써나가다 보면, 글 쓰는 사람도 편하고 읽는 사람도 편합니다. 결과적으로 쉽고 정확하게 전달되는 글이 잘 쓴 글 아닐까요? 전문지식과 정보를 강조하려다 글쓰기의 목적인 '내용 전달'에서 벗어나면 곤란하니까요.

다시 한번 말씀드리지만, '뒷전 스타일'인 분은 글쓰기에 타고난 재주를 갖고 있는 '숨은 능력자'입니다. 지금부터 용기를 내어 개인적인 짧은 글부터 시작해 보세요. 자신만의 매력 포인트가 늘어날 것을 장담합니다.

3장.

연습게임

1. 급한 글을 요청받았을 때
결론→근거→방법 순으로 쓰면
읽기 편한 글이 된다

앞선 내용을 가볍게 요약하면 상당한 필력을 가진 유명 저자를 목표로 하지 않아도 된다는 이야기입니다. 덧붙여 자기만의 오랜 경험이나 특별한 생각을 가진 모든 분은 좋은 글을 쓸 수 있다는 것도 말입니다. 그러기 위해서 마음의 부담을 털어버리라는 말씀을 반복해서 드렸습니다. 이제부터는 실전 글쓰기에 대해 말씀드리려 합니다.

지루한 수업 시간 같은 글쓰기

초보 저자분들의 초고를 읽다 보면 지루한 경우가 많습니다. 자신이 전하고자 하는 메시지와 정보를 효과적으로 전하지 못하시기 때문인데요. 그 이유가 무엇일까요?

대부분 기본적인 문장 쓰기의 잘못보다는 문장과 문장 간의 문맥 구성이 잘 안된 경우가 많습니다. 그러다 보니 문장과 문단의 내용이 얽혀서 뭐가 뭔지 이해할 수 없게 되는 거죠. 마치 수포자_수학포기자_에게는 무지 괴로운, 잠만 오는 수학 시간 같습니다. 문제를 공식에 대입해 유도하고 풀어가는 과정이 길고 복잡하고 지루하다 못해, 이해마저 안 되니까 중간에 까무룩 잠이 들어버리는 거죠.

그런데 이런 상황 속에 수학 선생님이 너무 선하고 성실한 사람이면 문제가 더 커집니다. 안타까운 마음으로 까무룩 잠든 수포자를 깨워 같은 설명을 반복하시죠. 이해가 될 때까지 더욱 기초적인 공식과 원리를 열정적으로 설명하려 들고요. 이 과정의 반복은 수포자를 절망하게 만듭니다.

성질 급한 보스는 어떤 보고를 원할까?

수학 시간이 아닌 다른 상황, 예를 들어 화재 현장 같은 급박한 장소로 무대를 옮겨 볼까요? 화재 발생 장소를 목격한 사람이 119에 신고 전화를 할 때, 수학 공식을 유도하듯 이야기를 풀어간다면 어떻게 될까요? 이럴 때 전화 예절이라든가 유대관계를 위한 친밀감을 형성하는 언어를 쓰는 건 적절치 않겠죠?

119는 언제, 어디서, 얼마만큼의 규모로 화재가 일어났는지 빠르고 정확한 전달을 원할 겁니다. 일단 화재 진화가 시급하니 소방차를 빨리 화재 현장으로 출동시키는 게 중요하니까요. 더욱 구체적인 정황 설명은 출동 명령에 대한 판단을 내린 후에 신고자에게 차근차근 묻고 출동 중인 소방관들에게 무전으로 전달해도 됩니다. 효과적인 글쓰기도 이와 마찬가지입니다.

화재 현장보다 좀 더 현실적인 장면을 생각해 보죠. 성질 급하고 못돼먹은 보스에게 보고해야 한다면 어떨까요? 보스가 보고 받고 싶은 내용은 어떤 것일지 잠시 상상해 보세요. 혹은 여러분이 그런 보스가 되어서 부하 직원에게 보고받는 상상을 해보시는 것도 좋습니다. 여기에 글쓰기 방법의 첫 번째 힌트가 숨어있습니다.

결론 먼저!

성질 급한 보스는 빠른 결론을 원하죠? 수학 문제 풀 듯이 이야기를 시작하면 바로 호통이 떨어집니다. 아마 그런 식으로 이야기했던 눈치 없는 부하는 호통을 듣고도 다시 한번 '수학 문제 풀기'에 도전하겠지만 돌아오는 건 뻔합니다. 보스의 불벼락이죠.

눈치 없는 부하는 오히려 이 상황에 어안이 벙벙합니다. 자신이 잘못한 게 없는데 왜 야단맞는지 납득이 안 될 겁니다. 용기를 내 마지막으로 소신을 발휘한 수학 문제 풀기를 시도하지만, 정성껏 만든 보고자료는 하늘로 날아간 후일 겁니다.

한편, 눈치 빠른 부하는 이 사건을 목격하고 재빨리 다른 행동에 들어갈 겁니다. 눈치 없는 동료와는 달리 '수학 공식을 설명 하는 방식'은 버리고 답부터 먼저 이야기를 꺼내는 거죠. 보스가 원했던 건 바로 이거였습니다.

근거를 빠르게 제시하라

눈치 빠른 부하로부터 결론부터 듣고 나니 보스의 마음은 조금 후련해집니다. 하지만 마음 속에서 작은 불안감이 싹트기 시작합니다. 부하의 보고가 올바른 결론이라는 근거, 가능한 결론이라는 근거가 있는 건지 궁금해진 거죠.

이 순간에는 다소 우기더라도 먼저 언급한 결론을 강하게 납득시키는 말을 해야 보스가 안심합니다. 일반적 추세든, 통계든, 법적 강제성이든 뭐든 꺼내야 해요. 다만 너무 많은 근거를 제시하는 건 좋지 않습니다. 논점이 흐려지기 때문이죠. 한두 가지의 근거만 답변하더라도 충분히 납득할 만한 이유를 전달하는 게 적절합니다. 이왕이면 긍정적이고 에너지를 주는 근거가 더욱 좋고요. 자발적 동기부여가 가능하기 때문입니다.

여기까지 잘 풀어냈다면 이후는 안심이에요. 마음이 누그러진 보스와 호탕하게 웃으며 차분히 조목조목 이야기를 할 수 있게 되죠. 만일 보스의 시간이 부족하다면 결과를 뒷받침하는 근거까지만 보고했다 해도 상관없습니다. 실무 추진단계가 되면 보스는 눈치 빠른 부하를 다시 불러 구체적인 방법을 논의할 테니까요.

세부적인 건 나중에, 천천히, 하나씩

그러니까 세부적인 방법이나 절차에 대한 이야기는 전혀 급하지 않다는 겁니다. 오히려 방법론과 절차부터 이야기하다 보면 결론까지 오기가 무지 힘들어져요. 여기서 잠깐! 결론이 안 나온다는 게 아닙니다! 결론까지 독자와 함께 오는 게 힘들어진다는 의미죠. 앞서 예를 든 '까무룩 잠드는 수학 시간'과 같아지는 겁니다.

하지만 상황에 따라선 또 달라집니다. 수험이라는 특수한 상황이 펼쳐진다면 어떻게 될까요? 같은 선생님과 수포자들이 참여하는 수학 수업이라 하더라도 다르게 진행되겠죠?

"선생님이 10년 치 기출 문제 분석을 해보니, 이런 유형의 방정식의 정답은 '0 또는 1'이 대부분이다. 이거만 기억하고 찍어도 정답률 90%야! 1점이라도 중요한 지금 나머지 10% 가능성을 위해 다시 한 번 공식을 살펴 보자"

어떤 수포자는 0과 1만 기억해 답을 찍겠다고 결심할 수 있겠고, 어떤 수포자는 자신이 풀 수 있는 문제 유형을 하나 더 늘리기 위해 수업을 경청하는 **행동의 변화**를 일으킬 겁니다.

결론부터 언급한 건 아니지만, 행동의 변화를 일으킬 상황을 특정하고 한정했기 때문에 결론부터 이야기하는 것과 달라집니다. 이런 방법도 독자의 태도를 바꾸는 좋은 장치가 되죠. 결론에 도달할 사람_독자_들이 늘어나기 때문입니다.

결론→근거→방법: 독자중심·목적중심 글쓰기

다소 비약은 있었지만 '수학 시간의 열등생'과 '성질 급한 못된 보스'의 비유로 독자에게 초점을 맞춘 글쓰기를 설명했습니다. 독자 입장에서 목적 중심의 글을 쓰면 좋은 글이 나온다는 이야기입니다. 그렇게 하기 위한 자연스러운 흐름을 만들려면, 글의 서두에서 결론을 먼저 보여주고 근거와 방법을 차례대로 서술하면 효과적입니다.

이런 방법은 독자 중심, 목적 중심 글쓰기라는 점에서 좋은 방법이고, 필력이 약한 초보 저자에게는 뭔가 초보답지 않게 능숙한 작가 같은 글쓰기가 가능한 실마리가 됩니다. 저자가 스스로 결론을 먼저 이야기함으로써 이후의 글쓰기가 간결해지죠. 자신이 제시한 결론의 범주를 벗어나지 않기 때문에 안정감 있는 글, 누가 봐도 쉽게 이해되는 글을 쓰기에 효율적입니다.

만일 급한 글을 요청받으셨다면 당황하지 마시고 지금 알려드린 순서대로 글을 써 보세요. 아마도 A4 1페이지 정도의 칼럼이라면 큰 부담 없이 금방 완성할 수 있을 겁니다.

2. 서문이 재밌으면 글쓰기도 쉬워진다

앞서 '결론→근거→방법'의 순서로 글 쓰는 방법을 말씀드렸습니다. 이 방법은 가장 빠른 속도로 글을 쓸 수 있는 방법이라 매우 실용적이죠. 업무보고서나 이메일을 작성하시는 데도 효율적인 글쓰기 방법이기 때문에 한 번 익숙해지면 유용하게 활용할 수 있습니다. 하지만 그런 글쓰기도 한계가 있습니다. 응용의 폭이 좁아 모든 글이 같은 패턴이 됩니다. 또, 논설문이나 설명문 같은 건조한 글만 쓰게 만든다는 것도 문제죠. 뭔가 더 재치 있고 재미있게 글 쓰는 방법이 없을까요?

마음을 열어주는 재치있는 스프링보드

박진감 넘치는 스포츠의 한 장면에는 경기에 임하는 선수 말고도 등장하는 도구들이 있습니다. 뜀틀의 구름판, 육상경기의 출발선에 있는 스타팅 블럭, 장대높이뛰기의 폴, 다이빙 경기의 스프링보드 같은 것들이죠. 이런 도구들은 선수들이 순발력을 발휘해 경기에 몰입하게 만들고 좋은 기록을 낼 수 있도록 도와줍니다.

따져보면 이렇게 출발선에 있는 도구들은 주로 찰나의 시간을 다퉈야 하는 스포츠 경기에 사용되고 있습니다. 덕분에 경기를 관전하시는 분들에게도 박진감 있고 감동적인 경기를 관람하게 됩니다. 여기에 재치 있고 재미있는 글 쓰는 방법의 실마리가 담겨 있습니다.

가끔 A4 2페이지 분량의 짧지도 길지도 않은 글을 쓸 때, 글 쓰는 의도와 감성을 설명해 독자의 독해를 도우려다 보면 서두가 지나치게 길어집니다. 본론의 분량이 짧아지며 구성이 흐트러집니다. 글이 지루해지는 것은 둘째 치고, 주제가 선명하지 못해 글의 방향이 흐트러지기도 합니다.

이런 까닭에 글 쓰는 저자뿐만 아니라 독자에게도 서로의 쓰기와 읽기가 가속화되는 재치 있는 스프링 보드가 필요한 겁니다. 그렇다면, 어떻게 글 속에 스프링보드를 설치할 수 있을까요?

007시리즈는 5분짜리 단편영화로 시작한다

저는 종종 『007 시리즈』를 사례로 말씀드리곤 합니다. 『007 시리즈』를 때리고 부수고 매력적인 여인과의 로맨스나 즐기는 킬링타임 무비라고만 생각하시면 오산이에요. 『007 시리즈』가 단순하게 느껴지는 건 영화의 도입부에 등장하는 에피소드로 덕분입니다.

영화 전체를 이해하기 쉽도록 사건의 동기와 주인공과 악당 간의 갈등 구조를 '선행학습(?)'시켜 주기 때문입니다. 만일 이런 장치가 없었다면, 『007 시리즈』는 굉장히 무거운 영화가 됐을 수도 있고 갈등관계의 해소를 이야기하기 위해 『반지의 제왕』처럼 한 편을 몇 부작으로 만들어야 했을지도 모릅니다.

『007 시리즈』의 앞부분은 5~10분짜리 단편영화라고 해도 과언이 아닙니다. 특수요원 007은 비밀리에 어딘가에 투입됩니다. 그곳에서 정보를 빼내거나 폭탄을 설치하고 빠져나와야 하는 거죠. 작전이 성공하는 듯하지만, 적의 함정에 걸려 목숨의 위협에 처하게 됩니다. 기지를 발휘하여 탈출하는 과정이 관객들의 손에 땀을 쥐게 하는 치고받는 액션으로 펼쳐지고, 마침내 임무에 성공하는 것으로 화려한 시작을 보여 줍니다.

이렇게 5분간 펼쳐지는 액션 속에서 관객은 이 영화의 빌런이 누구이고, 007과는 왜 악연으로 얽힌 건지 빠르게 각인하게 됩니다. 갈등이 해소되자 마자 『007 시리즈』 특유의 '빰바라밤~밤~'하는 제임스 본드의 테마음악과 함께 이후 2시간의 러닝타임 동안 007의 세계에 빠져들고 맙니다.

『007 시리즈』를 예로 들었는데, 너무 옛날 영화라 내용을 기억하지 못하시는 분들도 있을 겁니다. 이런 형식의 영화는 『007 시리즈』만이 아닙니다. 첩보물 중 『킹스맨』 시리즈도 이런 형식을 띄고 있으며, 의

외로 많은 영화들이 이런 형태의 초반 구성을 이루고 있습니다. 첫 부분만 잘라 상영해도 한 편의 단편영화로 착각할 만큼 말이죠.

글도 007 영화처럼...

글의 서두를 구성할 때도 마찬가지입니다. 방금 설명한 『007 시리즈』처럼 쓰면 같은 효과를 연출할 수 있습니다. 글의 서두에 재미있고 흥미로운 주제, 그러면서도 글쓴이의 의도와 감성이 배어나는 짧은 글을 싣는 거죠.

한 줄이 될 수도 있고, 한 단락이 될 수도 있습니다. 독자는 이런 서두를 읽으며 글 전체를 읽을 준비를 하게 됩니다. 흥미와 재미를 느끼기 시작하면 이후의 본론이 딱딱한 내용이라 하더라도 끝까지 읽을 수 있는 동기를 갖게 됩니다.

강의에서 같은 말을 했더니 모든 글의 서두는 『007 시리즈』처럼 뭔가 다이내믹하고 박진감 넘치고, 손에 땀을 쥐게 해야 한다고 오해하는 분들도 있었습니다. 이런 분들을 위해 다른 설명을 해보겠습니다.

글을 한 가정이 살고 있는 집으로 비유해 볼게요. 손님이 방문하고자 하는 집을 찾아갈 때, 우선 문패를 확인하고 내가 찾는 집인지를 판단하게 되죠? 문을 열고 들어가면 방문 목적인 집 구경과 가족들과의 만남을 위해 앞마당이나 현관을 통해 집 안으로 들어가게 됩니다. 이걸 글에 대입해 보면 대문에 달린 문패는 글의 제목, 집 안으로 들어가는 앞마당이나 현관은 글의 서두 부분이겠죠?

그러면 앞마당과 현관으로 들어오는 손님을 누가 맞이하는 게 좋을까요? 가족 구성원 중에 무뚝뚝한 성격인 사람과 친절하고 상냥한 사람이 있다면, 아무래도 친절하고 상냥한 사람이 손님맞이를 하는 게 적절하겠죠? 만일 무뚝뚝한 사람이 현관에 서 있다가, 들어오려는 손님을 째려보며 고개만 꾸벅 숙이고 눈만 끔뻑한다면, 손님 입장에서는 집 안에 들어가 집구경을 하고 식구들과 대화하는 것을 주저하게 될 겁니다.

그러니 앞마당이나 현관에 들어오신 손님을 맞이하듯 글의 서두를 써나가시라는 당부를 드리고 싶습니다. 이제 조금 안심이 되나요? 여기까지 읽다 얼굴에

미소가 지어지신다면 지금부터 바로 글을 써나가도 어려움이 없을 겁니다.

재밌는 이야기, 속담과 격언, 뉴스 등이 좋은 소재

그렇다면 글의 서두에 적합한 스프링보드는 어떤 걸까요? 본문과 관련만 있다면 어떤 것도 좋습니다. 모든 사람이 알고 계신 뻔한 사실도 상관없어요. 서두를 꾸미기 좋은 내용에는 흥미롭고 재미있는 이야기, 속담과 격언, 새로운 뉴스 등이 될 수 있습니다. 이해를 돕기 위해 몇 개의 예문을 작성해 보겠습니다.

예시-1: 유명한 사람의 글을 인용
"편안함이 끝나고 궁핍이 시작될 때 인생의 가르침이 시작된다"

80년대와 90년대에 문고판 서적이 많이 보급되며 수많은 문학소년, 문학소녀들은 헤르만 헤세의 『수레바퀴 아래서』, 『데미안』, 『크눌프』 등 청소년, 청년기 감성에 맞는 작품을 읽었습니다. 헤세 작품만이 지닌 특유의 정서와 감성에서 얻는 감동 때문도 있지만, 헤세 작품의 제목이 주는 느낌이 좋았기 때문입니다. 세상에는 헤르만 헤세의 작품을 읽어보지 않은 사람들이 더 많습니다.

헤세를 사랑하는 사람들이 헤세의 책을 들고 다니거나 헤세를 인용한 덕에 누구나 헤르만 헤세의 저서 제목 하나둘쯤은 상식처럼 알 정도입니다.

예시-2: 뉴스 인용

2012년 7월 20일 매일경제신문 1면 기사에 〈고용 3-6-9 시대〉라는 기사가 실렸습니다.

'고용 3-6-9'란 실업자 300만, 자영업 600만, 비정규직 900만의 시대를 의미하는 문구입니다. 당시의 기사는 고용의 질이 떨어지고 있다는 우려의 시각을 보이고 있습니다. 일본이 10년 넘게 경험했던 디플레이션의 상황이 대한민국에서 재현될 것 같다는 겁니다. 그 후 12년이 지난 지금, 2024년의 일자리는 어떤가요? 새로운 고용은 창출되고 있나요? 고용의 질은 올라가고 있나요? 그렇다면 대한민국도 일본인들이 말하던 '버블 붕괴 후 잃어버린 30년'을 겪게 되는 것은 아닐까요?

예시-3: 유머 활용

사람이 가장 잠들기 쉬운 때가 언제인지 아는가?
"1번-졸릴 때", "2번-일어났을 때!"

인터넷 유머 게시판에서 인용한 글입니다. 졸릴 때 잠

드는 건 당연한 거지만, 잠에서 깨어 일어났을 때도 잠들기 쉬운 때라는 거죠. 스트레스와 피로가 누적된 현대인의 입장에서 아침에 일어나는 게 쉽지 않다는 의미, 어차피 일어나 회사에 출근해 봤자 반복된 스트레스와 피로를 겪게 될 거라는 자조적인 의미가 담긴 유우머입니다. 어쩌면 '아침형 인간'은 지구에 사는 지구인이 아닌 안드로메다 우주에나 존재하는 외계인이거나, 회사에 가지 않아도 되는 경제적 자유를 누리는 사람일지 모릅니다.

내가 쓰는 글의 첫 독자는 '바로 나'

방금 제가 작성한 예시문을 보고 어떠셨나요? 예시문 모두 스프링보드 역할을 하는 첫 문장을 쓰고 난 다음, 첫 문장을 통해 떠오르는 뭔가를 의식의 흐름대로 술술 써 내려간 글입니다. 뭔가 그럴싸한 건, 초고를 그대로 공개한 것이 아니라 퇴고를 거쳐 다듬고 내용을 보충했기 때문에 읽을만한 글이 되었기 때문입니다.

물론 제가 이런 예시문들을 빨리 쓸 수 있었던 건 글쓰기를 위해 평소 꾸준히 자료를 수집하며 확보한 다양한 소재들 덕분이지만, 이어지는 내용을 순조롭게 전개할 수 있었던 건 첫 문장들이 다음 문장을 위한 스프링보드가 되어 주었기 때문입니다.

여기서 차분히 생각해 보세요. 내가 쓰는 글의 첫 독자는 바로 나 자신입니다. 따라서 나부터 먼저 재밌고 신나는 글이 되어야 하죠. 그래서 서두가 중요한 겁니다. '스프링보드' 역할을 하는 서두는, 글쓰기의 '엑셀러레이터_가속기'인 셈이지요. 여세를 몰아 매력 넘치는 글을 이끌어 가는 요소인 겁니다. 그러니까 글 쓰는 내가 신나서 쓰는 글이 되도록 해보세요. 짧은 컬럼 쓰기에 성공하게 되면 더 긴 글도 잘 쓸 수 있습니다. 저자로 데뷔하실 날도 금방 올 겁니다.

3. 많이 쓸 수 있는 기회를 만들라
일기와 편지는 최고의 글쓰기 훈련

지금까지 '글쓰기를 위한 아이디어 창고 만들기'에 대해 말씀드렸습니다. 글쓰기와 책쓰기를 돕는 도서들이 많이 나와 있지만, 직접 아이디어 창고를 만들다 보면 생각 정리, 마음 정리, 소재 발굴 등 여러 면에서 도움이 됩니다.

중국 송나라 때의 문학자 구양수는 '다독_多讀, 다작_多作, 다상량_多想量'이라는 글쓰기 훈련의 기본을 말하기도 했는데요. 실전 글쓰기는 '다작'과 관련이 있습니다.

물론 '다독'과 '다상량'도 중요합니다만, 이점은 굳이 강조하지 않아도 대부분 이해하고 있는 내용이고, 혼자서도 할 수 있는 일이기 때문에 굳이 설명하지 않겠습니다. 또한 앞서 살짝 언급한 '자료 수집'과 '소재 발굴'이 이에 해당하는 내용입니다만, 언젠가 저와의 인연이 또 닿을 때-이 소책자의 후속편을 통해- 이야기할 수 있도록 하겠습니다.

다작의 기회를 만들라

한때 '1만 시간의 법칙'이란 이야기가 많이 회자되곤 했습니다. '1만 시간의 법칙'은 "전문가가 되기 위한 시간 투자"를 의미하는데요. "하루 2~3시간씩 10년의 노력을 축적하면 대략 1만 시간이 되는데, 이런 노력과 시간의 투자를 통해 고수가 된다"는 논리입니다. 글쓰기도 마찬가지입니다.

하지만 요즘처럼 살기 힘들고 바쁜 시대에 하루에 2~3시간씩을 할애해 글 쓰는 건 쉽지 않습니다. 게다가 10년씩이라니요? 그렇게 한다는 건 너무하다는 생각이 들 겁니다. 그런데 1만 시간을 채우지 않으셔도 글쓰기 고수는 되실 수 있으니 너무 염려 마세요. 다만, 매일 꾸준히, 오랫동안 일정 시간 이상의 글쓰기 시간을 쌓아가는 건 필요합니다. 그럼 어떻게 해야 바쁜 일상 속에서도 글쓰기의 시간을 만들 수 있을까요?

가장 좋은 방법은 글쓰기를 해야만 하는 기회를 만드는 겁니다. 조금 다르게 표현하자면 글쓰기를 할 수밖에 없는 상황을 연출하는 거죠. 제 이야기를 오해하여 특정 매체의 외부 필자로 참여해 정기적으로 기고를 하라는 것으로 생각하지 마세요. 냉정히 말씀드리면, 지금 이 글을 읽고 계신 분의 반수 이상은 글쓰기 능력이 살짝 부족한 분일 겁니다. 아직까지 매체 기고엔 어려움이 있을 거예요. 한두 편 정도는 도전해 볼 수 있겠지만 장기적인 연재를 진행할 만한 지식과 글쓰기 기술은 부족할 겁니다.

개인적인 영역에서 시작하는 글쓰기 훈련

이쯤에서 이름을 널리 알릴 수 있는 프로리그보다는 실력도 쌓고 개성 넘치는 글발(?)을 시도할만한 아마추어 동호회 가입을 추천합니다. 이 대목에서 "일기 쓰기나 블로그 작성, SNS 글쓰기 같은 뻔한 걸 하라는 거야?"하실 텐데요, 그것과는 조금 다른 이야기를 해보려 합니다.

블로그나 SNS의 글쓰기는 개인적이고 주관적인 내용으로만 글을 쓰게 되지만, 제3자에 대한 공개와 공유를 예상하며 작성하기 때문에 타인에게 비칠 내 모습을 그리게 됩니다. 이런 또다른 내 모습을 '페르소나_persona'라고 하는데요. 글쓰기 초보 탈출에는 페르소나가 두드러지는 글쓰기는 그리 좋지 않다고 생각합니다. 일기 쓰기도 좋은 방법이지만 일기는 비공개를 전제로 한 글이라 독자를 의식한 글쓰기에는 부족함이 있습니다.

제가 추천하고 싶은 건 편지쓰기입니다. 가능하면 손글씨 편지를 쓰고, 반드시 상대방에게 보내시라고 조언하고 있죠.

손 편지쓰기의 장점

손 편지쓰기의 장점은 ①받는 사람, ②편지지 분량, ③글 쓰는 데 걸리는 적지 않은 시간 3가지죠.

개인적인 편지는 항상 한 사람의 독자를 염두에 두고 쓰게 됩니다. 단 한 명의 독자인 '받는 사람'에 맞춰 본문의 내용이 구성되고 어휘가 선택되죠. 여러 사람에게 편지를 많이 쓸수록 더욱 다양한 독자를 염두에 두게 됩니다. 그렇기에 매번 편지를 쓸 때마다 대상에게 맞는 어휘와 화제를 찾게 됩니다. 만일 매주 2통의 편지를 쓴다면 한 달 동안 8명의 독자에게 8가지 이상의 화제를 제공해야 하니 글쓰기 훈련에 매우 큰 도움이 되죠.

규격화된 편지지를 사용하는 것도 좋습니다. 글 전체의 분량, 단락별 구성 등이 눈에 바로 보이기 때문입니다. 이는 계량이 가능한 글쓰기를 가능하게 합니다. 반복하다 보면 글의 단락을 어떻게 나눌지, 문장은 어떻게 풀어갈지 자연스럽게 연습하게 만듭니다. 나중에는 글의 성격과 화제에 따라 페이지 수를 늘려가며 훈련하게 도와줍니다.

키보드나 스마트폰 자판을 이용하지 않고 손으로 써나가야 하는 느린 속도도 도움이 됩니다. 편지를 쓰는 느린 과정은 충분한 생각의 시간을 제공하고 이밖에 정서적으로 얻는 것도 많습니다. 편지 받는 분을 더욱 생각하고 배려하는 마음도 갖게 되고, 생각을 차곡차곡 정리하게 되죠. 즉 독자를 의식하는 자연스런 글쓰기 훈련이 이루어진다고 보시면 됩니다.

이렇게 시작하면 재미있다

편지쓰기를 통한 글쓰기 훈련에는 꾸준하면서도 많이 쓸 수 있는 동기부여가 필요합니다. 여기에 적당한 생활 속 독자는 가족, 연인, 친지, 동료, 고객이 될 수 있습니다. 적절히 선별하여 편지쓰기의 빈도와 횟수를 정하면 됩니다.

사실 저도 이런 훈련을 위해 엽서 쓰기에 도전한

적이 있습니다. 급한 용건 외에도 계절 인사나 안부 등 의례적인 내용을 문자메시지나 카톡 메시지로 보내지 않기로 작정한 겁니다. 이를 대신할 만한 걸 생각해보니 '엽서'를 떠올리게 되었습니다. 크기도 작아 글쓰기의 훈련으로 제격이라는 생각이 들어 그때부터 엽서 쓰기를 시작했습니다. 이게 자연스럽게 손편지 쓰기로 이어졌죠.

쓴 돈이 아까워서라도 엽서를 쓰지 않을 수 없게끔, 언제든 자투리 시간이 나면 금방 쓸 수 있게끔 우체국에 가서 관제엽서를 20통 정도 구입했습니다. 이후 매일 점심시간을 아껴 한 통을 쓰고 우체통이나 우체국에 가서 부쳤습니다. 글씨를 작게 쓰는 게 아니라면 한 통을 쓰는 데 10분 정도의 시간이 걸립니다.

우체국이 멀다, 우체통이 어디 있는지 모른다는 건 핑계가 안 됩니다. 왕복 20분 정도 거리라면 점심 식사 후 산책으로 딱 좋은 코스이고, 우체통 위치는 스마트폰 지도앱에서 간단한 검색만 해도 알 수 있습니다. 평소 관심이 없어 어디 있는지 인식하지 못해서 그렇지, 여전히 우체통은 우리 주위에 많이 존재합니다. 하루 한 통을 쓰고 보내다 보면, 한 달에 20통의 엽서를 발송하게 됩니다. 아마 한 달 채울 때쯤이면 엽서를 받은 사람들로부터 반가움과 감사의 연락이 제법 올 때입니다. 이때부터는 편지쓰기가 즐거워지기 시작합니다.

생활 속에서 꾸준히 훈련한다

한 달의 엽서 쓰기에 성공한 다음부터는 1쪽짜리 편지 보내기에 도전했습니다. 익숙해지면서 편지 분량을 늘려나갔습니다. 2쪽까지는 수월하지만, 이상하게도 3쪽부터는 생각보다 힘이 들었습니다. 이때부터 안부를 묻고 생각의 편린을 전하는 정도로는 편지 분량을 채우기가 힘들어집니다. 그런데 이것을 극복하는 게 꽤 난도 높은 훈련입니다. 편지를 읽은 수신자에게 적합한 내용으로 여러 가지 화제를 전환하며 글의 분량을 늘려가는 게 생각보다 어렵습니다.

여기서 얻는 훈련 효과가 2가지 더 있습니다. 자투리 시간을 이용해 편지를 쓰다 보니, 즉석에서 내용을 구상하며 글쓰기를 하게 된다는 겁니다. 무엇을 쓸지 생각하며 쓰는 여유로운 글쓰기가 아니기 때문입니다.

일단 써나가면서 생각을 보태어 완성해 가는 방법이죠. 이게 나중엔 글쓰기의 순발력을 높여줍니다.

또 하나, 한 번 종이에 펜을 대고 나면 수정 불가능하므로 상당히 집중하게 됩니다. 만약 실수하더라도 이미 종이에 써버린 어휘와 문장을 어떻게든 살려 나가야 하니 이렇게 살벌한 실전도 없습니다. 마치 마감 시간 닥친 기자들이 본사에 기사를 송고하는 것처럼 치열하게 글 쓰는 연습의 기회를 제공하죠.

하지만 편지쓰기를 통한 글쓰기 훈련은 항상 행복한 보상을 얻게 됩니다. 독자들이 항상 적극적으로 반응해 주기 때문에 글을 쓰는 보람이 있습니다. 편지쓰기는 글쓰기 훈련만이 아니라 좋은 관계를 형성해 주는 이점이 있습니다. 또 제 경험을 바탕으로 봐도 숨가쁘게 돌아가는 디지털 세상 속에서 아날로그 작업을 통해 나 자신을 돌아보게 해주는 장점도 있었습니다. 때문에 항상 강력하게 추천하는 글쓰기 훈련 방법입니다.

4장.
본 게임에 도전하자

1. 지금부터 칼럼니스트가 되자

지금까지 제가 열거한 방법들을 일정 기간 꾸준히 반복하셨다면, 이것만 가지고도 충분히 대량의 글을 생산해 낼 수 있는 '글 공장'이 될 수 있습니다.

'대량생산'이니, '글 공장'이니 하는 표현은 글 쓰는 일을 하는 분들에게는 매우 불경스러운 표현입니다만, 글쓰기를 어렵게 생각해 왔던 분들, 저술에 도전하면서 번번이 실패했던 분들에겐 제법 솔깃한 이야기일 겁니다. 그러기 위해 단기목표를 칼럼니스트로 잡고 칼럼 쓰기에 도전하는 겁니다.

기고할 곳이 생기면 무조건 기고하라

칼럼니스트가 된다는 건 의외로 쉽습니다. 무슨 자격증이 있는 게 아닙니다. 매체에 부정기적으로라도 기고가 이루어지는 데까지 간다면 이미 칼럼니스트-작가가 된 겁니다. 본격적인 글쓰기, 책 쓰기에 도전을 위한 통과의례를 지난 것이기도 하죠. 적어도 나의 글이 불특정 다수가 읽는 공공의 영역에 발표되는 것이고, 거기까지 도달할 정도의 지식과 필력을 입증

했다는 겁니다.

여기서 또 저의 개인적인 이야기를 할 수밖에 없는데요. 저는 종종 지속적으로 교류하며 글쓰기에 도전하는 분들에게 제가 운영하는 매체인 「시사N라이프」에 칼럼 기고, 연재를 권하곤 합니다. 뜻밖에도 제가 작가 지망생으로부터 저의 기고 요청을 거절당하는 일이 상당히 많습니다. 저의 권유에 반응하는 이들의 태도는 자기자신에게 상당히 부정적인 것 투성이입니다. 가장 많은 빈도의 대답을 소개하면 다음과 같습니다.

"아직 제 수준이나 상황이 칼럼을 기고할 만하지 않아요."

"좀 더 공부해서 지식을 쌓고, 내면의 성찰을 통해 사유가 정리된 다음 차분히 글을 쓸게요."

"제가 글재주가 없어서 글쓰기를 수련해 보고 내공이 쌓이면 그때 말씀드릴게요."

아무리 제가 운영하는 매체의 인지도가 떨어진다고는 하나 매체인 이상 허술한 글을 투고 받지 않습니다. 글솜씨가 떨어지거나, 작가의 인지도가 없다는 건

누구나 글쓰기 누구나 책내기

중요하지 않습니다. 매체 입장이라면 어디든지 다른 곳에는 없는 유니크한 가치가 담긴 내용이 더 중요하니까요. 위대한 저작물의 탄생도 작은 동기, 작은 기회에서 출발하는 것이기에 계기가 생긴다면 긍정적으로 바라보고 도전하는 게 좋습니다.

기회는 스스로 기회라고 말하지 않는다

그런데 이런 실질적 요구는 관심갖지 않고, 자신에게 주어진 기회를 걷어차는 분들은 정말 작가가 되고 싶고, 저자가 되고 싶은 게 맞는지 모르겠습니다. 이런 분들이 많아지면 많아질수록 돈을 버는 사람이 있습니다. 자기 자신에 대한 불안감이 클수록 자기 계발, 글쓰기, 책내기 책을 더 많이 구매하게 되고, 좋다는 강좌나 세미나에 돈을 쓰게 됩니다.

어딘가 공신력을 얻을 수 있는 곳에 자신의 글을 실을 기회는 그리 흔하지 않습니다. 작은 계기지만 기회라고 여겨지면 무조건 잡으세요. 잡고 나서 어떻게 수습할지 고민해도 됩니다. 내 글이 매체를 통해 세상에 공개된다는 것 하나만 생각하세요.

다른 사람들이 나를 어떻게 평가할지, 자신이 꿈꾸는 사회적 지위를 생각해 명성과 인지도가 높은 매체에 기고해 개인 브랜드를 형성하겠다는 생각 또한 "깜도 안 되고 끕도 안 되어 갖는 콤플렉스"일 뿐입니다.

서두에서 필자 스스로 '싸구려 작가'라며 독자 여러분 앞에서 무장해제를 하고 등장했던 것처럼, 알량한 자존심을 버리고 자유롭게 글을 써내겠다는 의지가 없다면, 투고의 기회는 영원히 오지 않습니다.

완벽한 글? 완성된 글이 필요할 뿐

그런데 이런 알량한 자존심은 어떤 강박관념에서 나오게 되는 걸까요? '완벽한 글을 써야한다는 강박' 때문입니다. 칼럼니스트가 되기 위해서는 완벽한 글이 필요한 게 아니라, '완성된 글'이 필요합니다. 글이 완성되어야 투고가 가능하겠죠? 투고 이후에는 작가가 아닌 매체 편집부의 몫입니다. 완벽한 글은 그때부터 만들어지는 겁니다.

편집부가 글을 검토한 후 보완 사항을 찾아 작가에게 수정요청을 할 겁니다. 피드백과 퇴고의 반복이 완벽한 글의 여정입니다. 최종 단계에서는 편집부와 함께 교정, 교열, 윤문, 제목 수정을 가미한 후에야 매체를 통해 노출될 글이 완성됩니다. 이런 경험을 매주, 매월 반복하는 것도 완성된 글을 쓰는 힘과 기술을 강화하는 좋은 방법입니다.

이제 감이 잡히시나요? 칼럼니스트가 되라는 건, 개인 브랜드 형성을 목표로 하라는 의미 이전에, 실전을 통한 글쓰기 훈련에 돌입하라는 의미입니다.

2. 원고지 10장을 쓰는 힘

본격적으로 칼럼니스트가 되고자 한다면 '**원고지 10장을 쓰는 힘**'을 키워야 합니다. 왜 원고지 10장이냐? 원고지 10장을 쓸 정도의 글쓰기 내공이면 어떤 글도 잘 쓸 수 있기 때문입니다. 실제로 이 정도 분량을 써야 매체에 투고도 가능하고 저술을 전제로 한 원고를 쓸 수 있기 때문입니다.

실제로 꽤 오래 전에 『원고지 10장을 쓰는 힘』_사이토 다카시 저／황혜숙 역／루비박스_이란 책이 나온 적이 있었습니다. 지금은 절판된 책으로, 헌책방이나 도서관을 뒤져야 구해볼 수 있는 책입니다.

왜 원고지 10장이냐?

우연한 기회에 이 책을 접해 읽은 적이 있습니다. 책의 두께도 얇아 단시간 내에 독파할 수 있었는데요. 내용은 거의 잊어버렸지만, 제목 하나만은 끝내주는 것이라 글쓰기와 관련한 강의를 할 때마다 이 책을 소개하고 있습니다. 우선 여러분께 책 내용을 소개하기 위해 인터넷 서점에 등록된 도서 정보를 옮겨오면 다음과 같습니다.

"저자는 원고지 10장_2,000자 내외 분량 정도를 어려움 없이 쓸 수 있게 되면 어떤 글이라도 잘 쓸 수 있다고 말한다. 헬스클럽에서 매일 일정량의 운동으로 근력을 늘리듯이, 원고지 10장 분량의 글쓰기 연습으로 양에 대한 부담감에서 벗어나는 것이 중요하다는 것이다. 이 책의 목적도 원고지 열 장 분량의 글을 쓸 수 있도록 하는 것이다. 그러다 보면 문장의 질은

향상되기 마련이라는 것."

'원고지 10장을 쓰는 힘'을 손에 넣으면 글쓰기는 정말 수월해집니다. 그 정도 분량이라면 하나의 주제에 대해 피력하는 데 필요한 내용은 다 들어갈 수 있습니다. 원고지 10장 분량의 초고가 나온다면, 이를 요약하여 더 적은 양의 글로 압축할 수도 있고, 몇 가지 사례나 구체적인 자료를 덧붙여 더 긴 글로도 늘릴 수 있습니다. 공장에서 제품을 생산하는 개념으로 비유하면 원고지 10장 분량의 글은 양산 전에 만들어 보는 시제품 같은 것일 수 있습니다.

글쓰기 훈련 차원에서도 틈틈이 자유주제로 원고지 10장 분량의 글을 쓰는 것을 추천합니다. 무언가를 미리 끄적여 둔다면, 갑자기 어딘가로부터 글을 요청받더라도 당황하지 않아도 됩니다. 주제와 가까운 글을 기초로 빠른 시작을 할 수 있기 때문입니다. 초고가 존재한다는 건 큰 장점입니다. 여유로움 속에 글의 내용을 보강하면서 문장도 더 유려하게 풀어갈 수 있습니다.

실제로 저도 이런 계기로 꾸준한 글쓰기를 할 수 있게 되었습니다. 무명작가 시절이니 15년 전 에피소드인데요. 지인 중에 주간신문 기자가 있었는데, 마침 원고가 펑크 나 지면 한 면이 비어 급한 기고를 요청 받게 된 겁니다. 다행히 미리 써둔 글 두 편을 짜깁기하듯 손봐 전달했는데, 다음 날 제 글과 이름과 사진이 신문 한 면에 실린 것을 보고 감동한 적이 있었습니다. 그 일이 시금석이 되어 제가 지금에 이르렀습니다.

제 말이 믿어지지 않나요? 그렇다면, 그건 해보지 않아서 그런 겁니다. 자신이 보편적이지 않은 경험 요소를 쉽게 오판하고 아무렇게나 말하기 때문입니다. 글쓰기는 자료를 수집하고 정보를 분석한다고 해서 이루어지는 게 아니기 때문입니다. 지식을 많이 습득한다 해서 글이 써지는 것이 아닙니다. 지식과 정보와 관계없이 '쓰는 능력'이 있어야 글을 쓸 수 있습니다. '쓰는 능력'은 말 그대로 쓰고, 쓰고 또 써야 커지는 능력이기 때문이거든요.

매체에 기고하기 좋은 분량

한편 원고지 10장 분량의 글은 매체에 기고하기 좋은 분량입니다. 우리가 접하는 타블로이드 신문을 발행하는 매체의 경우, 신문의 논설이나 사설을 '천자칼럼'이라 표현하기도 합니다. 천자라면 200자 원고지 5장 분량인데, 통상 천자칼럼은 타블로이드 신문의 한 면의 절반 정도를 차지합니다.

이 2배인 원고지 10장을 쓸 수 있다면, 타블로이드 신문의 한 면을 채울 분량의 원고가 됩니다. 바꿔 말해 이 정도 분량의 글을 쓸 수 있어야 칼럼니스트로서 자신의 이름과 얼굴을 걸만한 글이라는 겁니다. 원고지 10장의 분량은 판형이 다른 잡지에 기고를 할 때도 참고가 됩니다. 자료사진을 첨부하면 B5 사이즈의 잡지 펼침면 2쪽을 채울만한 분량이 되기 때문입니다.

칼럼 기고가 아닌 저술을 염두하고 글을 쓸 때도 최소 원고지 10장 분량은 되어야 작은 챕터 하나 분량이 됩니다. 가장 많이 접하는 신국판 단행본 서적들의 경우를 예로 들면, 작은 챕터 하나를 구성하는 글의 분량을 보통 MS워드나 아래흔글 「새문서」에서

'10pt' 폰트로 작성했을 때 A4 2페이지 분량을 기준으로 합니다.

글쓰기를 이제 막 시작한 사람에게는 이 정도도 부담스러운 분량이지만, 원고지 10장을 쓰는 힘을 갖고 있다면 상황은 달라집니다. 원고지 10장은 A4용지 1쪽 반 정도의 분량이라서입니다. 즉 원고지 10장 분량의 글을 차곡차곡 쌓아가다 보면 책 한 권 분량의 원고가 나온다는 의미입니다. 그러니 너무 부담 갖지 말고 원고지 10장 쓰기에 도전해 보세요.

마치며:

나에게 내 책을 선물하자

겨울에 태어난 저는 청소년기에 친구들에게 생일을 축하받아 본 적이 거의 없었습니다. 학교에서 친구들과 만날 수 없었기 때문인데요. 묘하게도 고입, 대입 입시 일정이나 방학이 겹치는 경우가 많았습니다. 한 번은 대통령 선거로 학교가 휴교한 적도 있었습니다.

교회를 다녔지만 교회라고 해도 별 수 없었습니다. 12월은 생일 축하 행사가 생략되는 경우가 종종 있습니다. 교회가 가장 바쁜 시기라서죠. 크리스마스 행사나 문학의 밤 행사 준비로 정신없고, 학생회 임원이 교체되는 때이기도 해서 무슨 일부터 해야 하는지 몰라 헤매느라 어물어물 생일 행사 없이 새해로 넘어가곤 했습니다.

가끔 "넌 생일이 언제냐? 한 번도 생일 이야기를 한 적이 없네?"라고 물어봐 주는 친구들도 있었지만, 막상 생일을 맞이하게 되면 앞서 설명한 상황이 펼쳐지다 보니 생일을 알려준 친구에게 축하받거나 함께 하루를 즐겨본 적이 없었습니다.

나에게 주는 선물로 더할 나위 없는 것

이런 청소년기의 경험이 반복되며 저는 항상 '내가 나에게 주는 선물'에 의미를 두곤 했습니다. 철없던 시절엔 먹고, 마시고, 즐기는 것, 좀 비싸지만 갖고 싶은 사는 것에 관심을 가졌지만, 철 들어가며 인생의 의미를 남기는 선물을 떠올리게 되었습니다. 그중 하나가 "내가 나에게 내 책을 선물하자"는 거였습니다.

보통 이런 소원을 인생의 버킷리스트라고 표현하지요? 맞습니다. 매년 나 자신에게 내가 쓴 책을 선물하는 게 쉬운 일이 아니었거든요. 물론 처음엔 쉬울 거라 여기고 무모하게 도전했지만, 책 한 권이 나오려면 그만큼의 분량에 해당하는 글들이 있어야만 합니다. 이게 가장 어려운 일이었던 거죠.

처음엔 편집디자인과 인쇄가 어려울 거라 예상하며 도전했지만, 도전을 거듭할수록 글의 분량이 나오지 않아 실패했습니다. 실패를 극복하기 위해 곰곰이 생각해 보니 글의 분량이 나오지 않는 건 그만큼의 글을 끌어갈 만한 좋은 주제와 소재가 없었기 때문이었습니다. 그런데 그것도 정답이 아니었습니다.

좋은 주제와 소재를 찾았다 한들, 전체적인 얼개와 구성이 되어야 책을 완성할 수 있게 됩니다. 또 이에 앞서 글을 쓰기 위한 절대적인 시간을 확보해야 합니다. 반복된 글쓰기 작업에서 지치지 않아야 합니다.

그렇다면 노력만이 답일까?

이를 위해 꽤 오랜 시간 노력을 기울였습니다. 작은 부분에서부터 꾸준히 글쓰기를 훈련하고, 어느 정도 분량이 나올 만한 긴 글이 나오도록 주제를 잡고 목차를 구성하고, 매일매일 자료를 수집하고 참고 서적을 사 모으고 읽었습니다. 그런데도 한 권의 책을 써 내기까지는 이후로 4년의 시간이 더 필요했습니다.

한 권의 책을 내고 나니 상쾌한 기분이 들고 성취감도 컸지만, 겁이 나는 부분도 있었습니다. 이런 방식으로 매년 나에게 내 책을 선물할 수 있을까? 이때부터 어렴풋이 독립출판과 독립출판물을 염두하기 시작했던 것 같습니다.

상업 출판을 전제로 한 기성 출판업계에서 요구하는 건 '제품으로서 완성된 책_Product'입니다. 이건 마케팅믹스에서 이야기하는 4P의 개념 중 하나인데요. 제대로 된 '제품_Product'이어야만 이윤을 낼 수 있는 '가격_Price'으로 다양한 경로의 '유통_Place'을 통해 '판매촉진_Promotion'이 가능해지기 때문입니다.

따라서 시장성 있는 트렌디한 주제의 저술이어야 하며, 책으로서 상품가치를 인정받을 만큼 어느 정도의 분량이 되어야만 합니다. 여기에는 저자의 인지도도 따라가는 거고요. 그러니 초보 작가에겐 진입장벽이 높게 느껴지는 겁니다.

여기서 발상의 전환이 필요합니다. 상업 출판을 전제로 하지 않는다면 기성 출판업계가 요구하는 책이 아니어도 된다는 이야기겠죠? 보다 자유로운 주제, 형식, 분량으로 저술에 도전할 수 있는 겁니다. 지금 읽고 계시는 이 책도 A4 용지 30매 분량이 안 되는 양의 원고로 구성되었습니다. 만일 이 원고를 그대로 상업 출판을 하고 있는 출판사에 가져갔다면 저도 퇴짜맞을 게 뻔합니다. 아마 원고량을 늘려 A4 90~120매가 되었을 때 다시 오라고 할 겁니다. 30매 작성하는 것도 오래 걸리고 힘들었는데 이걸 3~4배 늘리라니? 어휴!

매주 한 편, 12주 연재에 도전하자

이런 이유로 저는 초보 작가에게 3개월간의 칼럼 연재를 추천합니다. 3개월이면 대개 12주입니다. 책을 쓸 마음이 있다면, 초보 작가라도 12회의 연재를 감당해 낼 수 있습니다.

12회의 연재는 추천하는 이유는 3개월, 한 분기라는 시간이 갖는 힘이 크기 때문입니다. 이건 동기부여의 문제고, 실무적으로도 큰 도움이 됩니다. 12회라는 숫자가 목차 구조를 수월하게 형성하게 합니다.

가장 단순하게는 12개의 세부목차로 본문의 흐름을 펼쳐가도 됩니다. 이걸 1부와 2부의 2개의 대목차로 구성하고 대목차별로 6개의 세부목차를 잡을 수 있습니다._2x6 이와 마찬가지로 대목차·세부목차 구조를 3x4, 4x3로 구성하는 것도 가능하겠죠? 이런 단순명료한 목차 구조는 초보 작가가 글을 써나가다 길을 잃지 않도록 도와줍니다.

이제 매주 원고지 10장을 쓰라

목차 구성을 통해 어느 정도 내용의 흐름을 잡아봤다면, 다음은 본문 쓰기입니다. 여기부턴 '원고지 10장을 쓰는 힘'에서 말씀드렸던 것처럼 세부 목차별로 원고지 10장을 써나가면 됩니다. 내용이 늘어나는 건 상관없습니다. 다만 이보다 내용이 더 줄어들지 않도록 적절한 글감을 활용하면 됩니다.

이렇게 12회의 연재를 마치고 나면, 대략 A4용지 기준으로 18쪽 분량의 원고가 손에 들어오게 됩니다. 여기에 「머리말」과 「맺는말」까지 작성해 넣고 나면 20쪽을 넘어가는 분량의 글로 완성되겠지요? 연재하는 글의 분량이 원고지 10장보다 조금씩 많다면 아마 A4 30쪽 분량의 글로 정리될 겁니다.

그렇다면 그 원고를 가지고 지금 읽고 계

시는 『누구나 글쓰기 누구나 책 쓰기』와 같은 크기의 책 한 권을 펴낼 수 있습니다. 책 한 권 내기 참 쉽죠? _말로는 이렇게 쉽지만 실제로는 전혀 쉽지 않다는 거 아시죠?

결심이 됐다면

지금까지 말씀드린 내용들은 항상 저와 함께하는 필진들에게 드리는 이야기이기도 합니다. 이미 저와 함께 토의하고 꾸준히 노력해 온 분 중엔 제가 운영하는 『시사N라이프』 칼럼니스트를 거쳐 저자로 데뷔한 분들이 계십니다. 그 중엔 1만 권 이상 판매한 스테디셀러 작가도 있고, 출판사로부터 의뢰를 받아 여러 권의 저서를 펴낸 분도 있습니다.

이런 이야기를 한다는 건 지금 이 글의 독자라면 누구나 필진의 한 사람이 될 수 있다는 말입니다. 고료를 드리지는 못하지만, 주제 선정, 목차 구상, 교정교열을 통해 한 편, 한 편의 글쓰기를 돕고 출간으로 이어지는 과정을 함께할 수 있습니다.

개인적으로는 이 작은 책이 올해 저의 생

일선물이 되어 기쁜 마음입니다. 새해에는 이 책자에 이어지는 후속편도 펴내고 싶고, 칼럼니스트를 희망하고 시민기자 활동을 하고 싶어하는 분들을 위해 온라인 강좌도 만들고자 합니다. 지속적인 관심을 가지고 지켜봐 주시길 부탁드립니다._투고 또는 문의는 이메일로 부탁드립니다. news@sisa-n.com

누구나 글쓰기 누구나 책내기

「손 안에 책」 소개

　　　　도서출판 「딥인사이트」는 개인의 통찰력을 공유
하고 확장하는 플랫폼을 지향합니다. 저자와 독자의 지적
교류를 촉진하여, 새로운 아이디어의 탄생과 발전을 도모하
고자 합니다. 이보다 더 생각을 넓혀 '국민 저자시대'라는
보다 적극적인 개념을 전하고 있습니다.

　　　　'국민 저자시대'라는 표현은 모든 이가 잠재적인
저자라는 믿음에서 출발합니다. 전문가뿐만 아니라 일반 시
민들도 자신만의 경험과 통찰을 책으로 펴낼 수 있다는 의
미입니다. 이를 통해 다양한 관점과 목소리가 출판이라는
행위를 통해 세상을 변화시켜 나갈 거라 기대하고 있습니
다. 또 '국민 저자시대'라는 개념은 사회 각계각층의 목소리
를 담아내고, 이를 통해 우리 사회가 직면한 복잡한 문제들
에 대한 창의적인 해결책을 모색하고자 하는 미래 비전이기
도 합니다. 이를 통해 대한민국 사회는 다양성을 존중하며,
서로 다른 관점이 공존하고 발전할 수 있는 지적 생태계로
한층 성숙할 것이라 보고 있습니다.

아울러 다양한 배경을 가진 개인들이 자신의 인사이트를 다른 이들에게 효과적으로 전달할 수 있도록 저자 데뷔를 돕고자 합니다. 저술 경험이 없는 저자라 하더라도 테마선정-기획-집필의 과정을 함께하려 합니다. 저자의 성장환경을 조성하는 과정을 통해 미래 독자들에게 새로운 관점과 경험을 제공하게 하는 계기를 하나씩 만들어 갈 수 있으리라 믿습니다.

「손 안에 책」은 '손 안에 건네는 책'이라는 발상에서 시작한 문고판 출판물로, 저자의 메시지를 독자에게 간결하게 전한다는 의도를 담았습니다. 이는 책을 단순한 지식의 저장소가 아닌, 새로운 아이디어의 출발점으로 보기 때문입니다. 뿐만 아니라 독서는 저자와 독자의 대화면서, 독자들끼리의 활발한 대화라고 보고 있습니다. 유무형의 '독후활동'에 더 많은 가치를 두고 생각한다면, 누군가의 손에 책을 건네는 행위야말로 가장 간결하면서도 강렬한 독후활동이 아닐까요? 한 손에 쏙 들어가는 크기의 소책자 형상을 하는 것도 누군가에게 쉽게 건네는 메시지가 되기 위함입니다.

특히 독자가 저자로 성장하는 여정에서 누구보다 신뢰할 수 있는 동행이 되겠습니다. '국민 저자시대'의 주인공은 바로 여러분입니다.